LANÇONS LA LIBERTÉ
DANS LES COLONIES

Discours des députés G. J. Danton
et L. P. Dufay, pour l'abolition
de l'esclavage, 4 février 1794

suivi de

LA FRANCE
EST UN ARBRE VIVANT

Discours du député L. Sédar Senghor,
29 janvier 1957

et de

LA TRAITE ET L'ESCLAVAGE
SONT UN CRIME
CONTRE L'HUMANITÉ

Discours de la députée
C. Taubira-Delannon, 18 février 1999

Éditions Points

Conseiller littéraire : Ulysse Korolitski

L'éditeur tient à remercier le service Communication
de l'Assemblée nationale et Christophe Bataille
pour leurs aimables contributions

Sources :
Pour le texte de Dufay et Danton : *Séance de la Convention,
16 pluviôse, an II*
Pour le texte de L. S. Senghor : *Journal officiel,*
Débats parlementaires,
Assemblée nationale, séance du 29 janvier 1957
Pour le texte de C. Taubira-Delannon : *Journal officiel,*
Débats parlementaires,
Assemblée nationale, 1re séance du 18 février 1999

ISBN 978-2-7578-1498-7

Sommaire

« Lançons la liberté dans les colonies »

Discours des députés G. J. Danton et L. Dufay, pour l'abolition de l'esclavage, 4 février 1794

À l'été 1791, une insurrection générale des esclaves éclate à Saint-Domingue (l'actuelle Haïti). Menés par Toussaint Louverture, les esclaves obtiennent la liberté politique en 1792. Et, en 1793, le commissaire civil Sonthonax proclame l'abolition de l'esclavage. Mais cette décision n'est pas encore confirmée par la Convention en 1794. Exclu du Comité de salut public depuis six mois, animateur du club des Cordeliers, Danton rejoint Louis Dufay, colon et député de Saint-Domingue, pour obtenir cette confirmation. Fidèle à l'esprit de la Déclaration des droits de l'homme de 1789, les membres de la Convention acclament la proposition. Rétablis par Bonaparte en mai 1802, l'esclavage et la traite ne sont définitivement abolis qu'en novembre 1848.

Discours de Georges Jacques Danton et Louis Pierre Dufay

Dufay : « Législateurs de la France,
[...]
Nous nous attendons bien que les ennemis des citoyens de couleur et des Noirs
vont les calomnier auprès du peuple
français. Ils vont les peindre comme des
hommes méchants et indisciplinables,
enfin comme des êtres cruels et féroces.
Citoyens français, ne les croyez pas ;
ceux qui tiennent ce langage ne sont pas
des colons fidèles, ce sont des colons
contre-révolutionnaires qui font la guerre
à la liberté et à vous-mêmes, d'accord
avec des émigrés français ; ne les croyez
pas, ils vous ont trompés tant de fois !
Ces Noirs qu'on vous peindra si méchants,
autrefois réunis dans des ateliers de trois,
quatre ou cinq cents, se laissaient conduire
par un seul Blanc sans rien dire, et étaient
dociles à tous ses caprices. S'ils étaient si

féroces, les aurait-on menés si facile-
ment ? Leur méchanceté n'est que dans
le cœur de leurs oppresseurs ; c'est un
prétexte que ceux-ci prennent pour jus-
tifier l'esclavage ; et quand les Noirs
auraient été méchants, nous ne pour-
rions pas raisonnablement leur en faire
un crime, car la servitude déprave
l'homme ; mais la méchanceté heureuse-
ment n'est pas naturelle. *(Applaudissements.)*

[...]

Si les Noirs [...] ont mérité quelques
reproches d'indiscipline, excusez-les,
citoyens : ce sont quelques mouvements
d'effervescence ; c'était l'effort d'un
peuple encore nouveau qui brisait ses
chaînes, et ne pouvait le faire sans
quelque bruit, tant elles étaient pesantes.
Ils ont été au premier moment agités du
fanatisme de la liberté ; ils ne faisaient
que d'être émancipés ; ils devaient naturellement avoir besoin de guides. Le
monde, les lumières, les sciences ne se
sont perfectionnés que par degrés, et il
est pour les hommes un passage néces-
saire de la jeunesse à la virilité.

Législateurs, on calomnie les Noirs, on envenime toutes leurs actions, parce qu'on ne peut plus les opprimer. Nous les mettons sous votre sauvegarde. Vous saurez démêler les causes de toutes ces accusations. Il ne faut attribuer les écarts de la liberté qu'à ceux qui voudraient la détruire.

Dans tous les points de la cause que nous vous soumettons, ce sont les criminels qui sont les accusateurs. Lorsque les détracteurs des Noirs présenteront le tableau de quelques-unes de leurs erreurs ou même de leurs fautes, ils ne feront que l'énumération de leurs propres forfaits. Ils les opprimaient quand ils étaient esclaves et qu'ils courbaient la tête ; aujourd'hui ils les calomnient, parce qu'ils l'osent relever un peu. Les fautes des malheureux Noirs, je le répète, ne sont jamais, n'ont jamais été que les crimes de ceux qui les égarent après les avoir opprimés. Les Noirs ne sont pas cruels, comme des colons blancs aiment à le dire, et l'existence de leurs ennemis prouve assez que les Noirs sont patients, exorables et généreux. Les Noirs ont même le germe des vertus : ces vertus leur appartiennent, leurs défauts viennent seuls de nous ; ils sont naturellement doux, charitables, hospitaliers, très sensibles à la piété filiale ; ils aiment la justice et ont le plus grand respect pour la vieillesse : ces vertus, peuple français, les rendent encore plus dignes de toi.

Citoyens représentants, songez que l'ignorance du bien est souvent la source du mal : instruisez ces hommes nouveaux ; qu'ils soient éclairés en votre nom par des patriotes patients et vertueux ; que par vos décrets ils reçoivent des leçons de sagesse et de vertus républicaines. La nature, la loi en ont fait des hommes, l'instruction en fera des hommes de bien. En tenant de vous leurs droits, ils en seront plus attachés à leurs devoirs : le premier de tous sera pour eux de combattre pour votre patrie, qu'ils regardent comme la leur.

[...]

Quand j'ai vu que je pouvais compter sur leur fidélité, ayant été choisi par l'assemblée des électeurs, légalement formée, aux termes du décret du 22 août 1792, d'après la tenue des assemblées primaires, j'ai accepté comme un devoir la mission qu'ils ont bien voulu me confier, et je n'ai point hésité à braver tous les dangers pour venir vous présenter, avec mes collègues, [...] l'hommage de leur attachement au peuple français et de leur dévouement à la République une et indivisible ; Européens, Créoles, Africains, ne connaissent plus aujourd'hui d'autres couleurs, d'autre nom que ceux de Français.

Citoyens représentants, daignez accueillir avec bonté leur serment de fidélité éternelle au peuple français. Je réponds d'eux sur ma tête, tant que vous voudrez bien être leurs guides et leurs protecteurs.

Vous pouvez, citoyens législateurs, vous préparer des souvenirs consolateurs en honorant l'humanité et en faisant un grand acte de justice qu'elle attend de vous.

Créez une seconde fois un nouveau monde, ou au moins qu'il soit renouvelé par vous ; soyez-en les bienfaiteurs ; vos noms y seront bénis comme ceux des divinités tutélaires. Vous serez pour ce pays une autre Providence. » *(Vives acclamations.)*

Levasseur (de la Sarthe)[1] : « Je demande que la Convention, ne cédant pas à un mouvement d'enthousiasme, mais aux principes de la justice, fidèle à la Déclaration des droits de l'homme, décrète dès ce moment que l'esclavage est aboli sur tout le territoire de la République. [...] Je demande donc que tous les hommes soient libres, sans distinction de couleur. »

Delacroix (d'Eure-et-Loir)[2] : « En travaillant à la constitution du peuple français nous n'avons pas porté nos regards sur les malheureux hommes de couleur. La postérité aura un grand reproche à nous faire de ce côté ; mais nous devons réparer ce tort. Inutilement avons-nous décrété que nul droit féodal ne serait perçu dans la République française. Vous venez d'entendre un de nos

---

1. René Levasseur (1747-1834).
2. Jean-François Delacroix (1753-1794).

14

collègues dire qu'il y a encore des esclaves dans nos colonies. Il est temps de nous élever à la hauteur des principes de la liberté et de l'égalité. On aurait beau dire que nous ne reconnaissons pas d'esclaves en France, n'est-il pas vrai que les hommes de couleur sont esclaves dans nos colonies ? Proclamons la liberté des hommes de couleur. En faisant cet acte de justice, vous donnez un grand exemple aux hommes de couleur esclaves dans les colonies anglaises et espagnoles. Les hommes de couleur ont, comme nous, voulu briser leurs fers ; nous avons brisé les nôtres, nous n'avons voulu nous soumettre au joug d'aucun maître ; accordons-leur le même bienfait. » *(On applaudit.)*

Levasseur : « S'il était possible de mettre sous les yeux de la Convention le tableau déchirant des maux de l'esclavage, je la ferais frémir de l'aristocratie exercée dans nos colonies par quelques Blancs. »

Delacroix : « Président, ne souffre pas que la Convention se déshonore par une plus longue discussion. *(Il propose* *la rédaction suivante :)* La Convention nationale décrète que l'esclavage est aboli dans toute l'étendue du territoire de la République ; en conséquence, tous les hommes sans distinction de couleur jouiront des droits de citoyens français[1]. »

[...]

Cambon[2] : « Une citoyenne de couleur, qui assiste régulièrement aux séances de la Convention, et qui a partagé tous les mouvements révolutionnaires, vient de ressentir une joie si vive, en voyant la liberté accordée par nous à tous ses frères, qu'elle a entièrement perdu connaissance. *(On applaudit.)* Je demande que ce fait soit consigné au procès-verbal ; que cette citoyenne, admise à la

---

1. La proclamation de l'abolition de l'esclavage donna lieu à l'ajout d'un nouvel article à la Déclaration des droits de l'homme et du citoyen : « *Tout homme peut engager ses services, son temps ; mais il ne peut se vendre, ni être vendu ; sa personne n'est pas une propriété aliénable. La loi ne reconnaît point de domesticité ; il ne peut exister qu'un engagement de soins et de reconnaissance, entre l'homme qui travaille et celui qui l'emploie.* »

2. Pierre Joseph Cambon (1756-1820).

séance, reçoive au moins cette reconnaissance de ses vertus civiques. »

[...]

Danton : « Représentants du peuple
français, jusqu'ici nous n'avons décrété
la liberté qu'en égoïstes et pour nous
seuls. Mais aujourd'hui nous proclamons à la face de l'univers, et les générations futures trouveront leur gloire dans
ce décret, nous proclamons la liberté
universelle. Hier, lorsque le président
donna le baiser fraternel aux députés de
couleur, je vis le moment où la Convention devait décréter la liberté de nos frères.
La séance était trop peu nombreuse. La
Convention vient de faire son devoir.

Mais, après avoir accordé le bienfait
de la liberté, il faut que nous en soyons
pour ainsi dire les modérateurs. Ren-
voyons aux comités de salut public et
des colonies, pour combiner les moyens
de rendre ce décret utile à l'humanité
sans aucun danger pour elle. Nous avions
déshonoré notre gloire en tronquant nos
travaux. Les grands principes développés

par le vertueux Las Casas[1] avaient été méconnus. Nous travaillons pour les générations futures, lançons la liberté dans les colonies ; c'est aujourd'hui que l'Anglais est mort. *(On applaudit.)*

En jetant la liberté dans le nouveau monde, elle y portera des fruits abondants, elle y poussera des racines profondes. En vain Pitt[2] et ses complices voudront par des considérations politiques écarter la jouissance de ce bienfait, ils vont être entraînés dans le néant ; la France va reprendre le rang et l'influence que lui assurent son énergie, son sol et sa population. Nous jouirons nous-mêmes de notre générosité, mais nous ne l'étendrons point au-delà des bornes de la sagesse. Nous abattrons les tyrans, comme nous avons écrasé les

---

1. Bartolomé de Las Casas, dominicain espagnol (1474-1566) qui dénonça les atrocités commises aux Antilles et en Amérique par les Espagnols.

2. William Pitt (1759-1806), Premier ministre anglais qui finança les ennemis du régime français et les campagnes militaires britanniques, notamment contre les colonies françaises. Il mena une politique particulièrement rude et fut surnommé le Robespierre anglais.

hommes perfides qui voulaient faire rétrograder la Révolution. Ne perdons point notre énergie ; lançons nos frégates ; soyons sûrs des bénédictions de l'univers et de la postérité, et décrétons le renvoi des mesures à l'examen des comités. »

Chronologie*

1642 : *Louis XIII autorise la traite négrière et l'esclavage dans les possessions françaises.*

Mars 1685 : *« Code noir », déniant toute personnalité civile et juridique aux esclaves, propriétés de leur maître.*

1753 : naissance de Louis Pierre Dufay, à Paris.

26 octobre 1759 : naissance de Georges Jacques Danton, à Arcis-sur-Aube.

Août 1777 : *déclaration du roi interdisant l'entrée en France « des Nègres, mulâtres et gens de couleur ».*

Avril 1778 : *interdiction des mariages interraciaux en France.*

1787 : Danton est avocat au Conseil du Roi.

Février 1788 : *création de la Société des Amis des Noirs, pour l'abolition de la traite et de l'esclavage, au club des Cordeliers (parmi les membres, on trouve Condorcet, Lavoisier, Mirabeau).*

26 août 1789 : *Déclaration des droits de l'homme et du*

---

* Les événements historiques sont présentés en italique.

citoyen : « *les hommes naissent et demeurent libres et égaux en droits* ».

8 mars 1790 : *l'Assemblée constituante adopte sans vote un décret qui maintient l'esclavage.*

Avril 1790 : Danton devient l'animateur du club des Cordeliers.

22 août 1791 : *début de la grande insurrection des affranchis et des esclaves à Saint-Domingue.*

Décembre 1791 : Danton est élu procureur adjoint de la Commune de Paris.

6 septembre 1792 : élu député de Paris à la Convention.

Janvier 1793 : se prononce pour l'annexion de la Belgique.

29 août 1793 : *proclamation de l'abolition de l'esclavage à Saint-Domingue, par le commissaire de la République Léger-Félicité Sonthonax.*

24 septembre 1793 : Louis Dufay est élu membre de la Convention pour la colonie de Saint-Domingue.

Avril 1793 : Danton fait décider la création du Comité de salut public, dont il est le président de fait jusqu'en juillet.

Juillet 1793 : exclu du Comité de salut public, dans lequel entre Robespierre.

4 février 1794 : discours à la Convention de Dufay et Danton pour l'abolition de l'esclavage : *abolition de l'esclavage dans les colonies françaises.*

30 mars 1794 : arrestation de Danton et de ses amis dans la nuit.

2 avril 1794 : Danton est traduit devant le Tribunal révolutionnaire, condamné à mort et guillotiné trois jours plus tard, le 5 avril.

26 octobre 1795 : Louis Dufay entre comme ex-conventionnel au Conseil des Cinq-Cents.

1799 : quitte le Corps législatif (date du décès inconnue).

Mai 1802 : *Bonaparte rétablit l'esclavage et la traite.*

Mars 1815 : *Napoléon 1ᵉʳ abolit la traite négrière.*

Novembre 1848 : *l'abolition de l'esclavage est inscrite dans la Constitution.*

« La France
est un arbre vivant »

Discours du député L. Sédar Senghor,
devant l'Assemblée nationale, 29 janvier 1957

Poète d'origine sénégalaise mais de nationalité française depuis 1933, Léopold Sédar Senghor est député du Sénégal quand il décide de s'opposer aux décrets d'application de la loi du 23 juin 1956. Ces décrets avaient pour objectif d'assurer une plus grande autonomie législative et exécutive aux territoires d'outre-mer. Loin de refuser ce qui pouvait mener à une future indépendance, Senghor s'y oppose pour deux raisons : leur manque d'envergure et leur défense par Félix Houphouët-Boigny, son grand rival en Afrique occidentale française. Les décrets sont cependant votés. En 1960, le Sénégal, comme la majeure partie des territoires français d'Afrique noire, accède à l'indépendance et Senghor est élu président de la République.

Discours de Léopold Sédar Senghor

Mesdames, messieurs, je dirai, en manière de préambule, qu'il nous faut « dépersonnaliser » ce débat, au contraire de ce que veulent d'aucuns qui, battus en commission, vont clamant et proclamant : *« C'est un coup bas contre le ministre de la France d'outre-mer, contre le président du Conseil ; c'est la faute de Samba et de Demba. »*

[...]

Le problème, donc, n'est pas d'ordre sentimental ; il n'est pas politicien, il est politique. Il s'agit d'examiner et de régler la nature des liens qui doivent désormais unir les peuples d'outre-mer au peuple de France.

Monsieur le Ministre de la France d'outre-mer, vous n'avez, à mon avis, commis qu'une erreur, avec les meilleures intentions au demeurant, celle de n'avoir pas demandé, aux assemblées locales, et d'abord aux assemblées territoriales, leur avis, comme le veulent l'article 74 de la Constitution et les lois ou décrets-lois qui régissent les assemblées.

Mais cet avis, il vous a été donné, monsieur le Ministre, depuis la publication des décrets d'application, par la majorité des assemblées territoriales et par le Grand Conseil de l'Afrique occidentale française. Je veux être plus précis : le Grand Conseil de l'Afrique occidentale française a, dans une motion votée à l'unanimité des membres présents, condamné les décrets politiques et administratifs, et six des huit assemblées territoriales de l'Afrique occidentale française se sont, à ma connaissance, solidarisées avec le Grand Conseil. Quatre de ces assemblées ont, en signe de protestation, refusé de voter leur budget avant le 1er janvier 1957.

Encore une fois, il ne s'agit pas de querelles électorales, ni d'opposition de personnes, puisque les protestataires sont de tous les horizons politiques, appartiennent pour la plupart aux trois grands partis africains : Rassemblement démo-cratique africain, Mouvement socialiste africain et Convention africaine.

[...]

Que reproche aux décrets incriminés l'opinion publique africaine ? C'est [...] de « balkaniser » – osons dire le mot – les fédérations africaines et d'opposer arti-ficiellement les territoires les uns aux autres.

[...]

En vérité, nous avons l'impression qu'en définissant services et cadres, en posant les principes de leur organisation de la manière que l'on sait, les bureaux ont poursuivi un double but : renforcer la centralisation et la concentration du système tout en divisant l'Afrique occi-dentale française et l'Afrique équatoriale française.

[...]

Que l'on m'entende bien, je ne suis pas contre les pouvoirs accordés au haut-commissaire « dépositaire des pou-voirs de la République » – je me suis battu en commission pour que ces pou-voirs ne soient pas diminués – mais je suis contre le fait que le chef de groupe

de territoires n'est pas assisté d'un exécutif fédéral.

[...]

C'est précisément dans l'organisation
de l'Afrique occidentale française et de
l'Afrique équatoriale française qu'apparaît le plus nettement la volonté de
balkaniser l'Afrique noire. Déjà, la
Constitution du 27 octobre 1946 était
sur ce point légèrement en recul sur les
décrets portant réorganisation des
gouvernements généraux de l'Afrique
occidentale française et de l'Afrique
équatoriale française ; mais ce recul,
malgré tout, était plus nominal que réel,
témoin la loi du 29 août 1947, qui
donne comme objet aux grands conseils
la gestion « des intérêts communs ».

Comme le précise le rapport introduc-
tif au nouveau décret portant réorganisation de l'Afrique occidentale française
et de l'Afrique équatoriale française, ce
décret dispose – et c'est là une phrase
très importante – que « le groupe n'est
constitué qu'en vue de coordonner l'action
des territoires en matière économique et
financière et de développer éventuelle-
ment une infrastructure commune ».

C'est donc très clair : on veut à tout prix empêcher toute solidarité politique et administrative entre des territoires que tout lie, non seulement les structures économiques, mais encore la race, la culture, l'organisation administrative et les aspirations politiques.

C'est tellement vrai que ces solidarités politique, administrative, sociale et culturelle, on les réintroduit par ailleurs : par les pouvoirs du haut-commissaire, mais exercés par l'État, c'est-à-dire en fait par la métropole. Comme si l'on pouvait faire le bonheur des peuples sans leur participation active !

On le devine, cette balkanisation, pour notre part, nous ne pouvons l'accepter. Nous avons présenté en commission des amendements dont certains ont été adoptés. Nous avons été battus sur les autres. Nous déposerons de nouveaux amendements pour réintroduire, exercées par nous, peuples d'Afrique noire, toutes ces solidarités naturelles dont on veut nous priver.

« Donner et retenir ne vaut. » Ce n'est pas là un proverbe africain, mais européen, mais français. Nous l'avons constaté à l'examen de tous les décrets politiques et administratifs : chaque fois que, dans le cadre de la loi du 23 juin 1956[1], on a accordé une liberté nouvelle, on s'est hâté d'en limiter l'exercice.

C'est une très vieille pratique. Lorsque, après le décret du 16 pluviôse, an II, on eut aboli l'esclavage, Danton se jeta à la tribune pour modérer l'enthousiasme des esclaves d'hier.

En somme, on a donné d'une main et retenu de l'autre. L'aspect financier du problème illustrerait, d'une manière chiffrée, cette méthode si j'avais le temps de le traiter. Mais il me faut conclure.

La moindre des contradictions où s'enferment les partisans de la division n'est pas celle que voici : ils sont pour la centralisation dans la métropole et pour la balkanisation en Afrique noire. Ils sont pour l'union métropolitaine, mais pour la désunion africaine.

---

1. Loi instituant un nouveau cadre juridique pour les territoires d'outre-mer : douze territoires regroupés en deux fédérations, l'Afrique-Occidentale française (AOF) et l'Afrique-Équatoriale française (AEF) ayant pour objectif une décentralisation administrative et politique.

Il y a plus grave : ils sont pour la communauté franco-africaine et contre la communauté africaine.

Nous aussi nous sommes pour la communauté franco-africaine. Des dizaines de milliers d'Africains l'ont prouvé pendant la guerre et l'Occupation en donnant leur vie ; ils l'ont prouvé non pas par des discours, mais par des actes.

Le territoire que j'ai l'honneur de représenter dans cette Assemblée se bat pour la France depuis la révolution de 1789, mais Saint-Louis-du-Sénégal envoyait aux États généraux un cahier de doléances.

C'est que la communauté franco-africaine exige, mes chers collègues, comme condition préalable, la communauté africaine.

Une association présuppose l'existence de deux êtres. Où serait notre être si, nous appelant à la communauté franco-africaine, vous commenciez par nous désintégrer ?

Je m'adresse aux chrétiens : « Une maison divisée contre elle-même... », vous savez le reste. Quel serait le sort de l'Afrique si elle était divisée ? Mais sans doute avez-vous oublié cette recommandation de l'Écriture sainte qui veut qu'avant d'offrir un sacrifice au Seigneur – à la France en l'occurrence –, on commence par se réconcilier avec son frère.

« La République une et indivisible », au sens de l'État unitaire et centralisateur – c'est par là que je vais terminer –, a été, au XIXe siècle, une exigence nationale : elle a fait la force de la France, et les volontaires avaient raison d'aller à la bataille à Valmy en criant : Vive la Nation !

Mais nous sommes aujourd'hui en 1957, au XXe siècle, à l'heure où les États et les empires les plus forts sont de structure fédérale : USA, URSS, Inde, Canada, Brésil, Allemagne occidentale, Yougoslavie et, plus près de nous, l'Angleterre qui va donner l'indépendance à la *Gold Coast* au sein du Commonwealth[1], lequel a cessé d'être britannique.

Fédérer effraye certains membres de l'Assemblée. Mais, mes chers collègues, fédérer n'est pas séparer. Fédérer, au

---

1. Le 6 mars 1957, la Gold Coast prend le nom de Ghana et accède à l'indépendance.

sens étymologique du mot, c'est lier, mais sans étouffer, on l'oublie trop souvent.

S'accrocher au mythe de la « République une et indivisible », car c'est un mythe, sans quoi il y aurait dans cette Assemblée trois cents députés noirs et arabo-berbères (« *Très bien ! Très bien ! »* *au centre)*, s'accrocher à ce mythe c'est, je le crains, travailler à l'abaissement de la France. C'est pratiquer l'immobilisme le plus stérile.

Je vous dis que la France est un arbre vivant ; ce n'est pas du bois mort promis à la cognée.

[...]

Craignez, dis-je, que si l'on balkanise les fédérations d'Afrique noire, les territoires ne se tournent l'un vers Lagos, l'autre vers Accra, un troisième vers Rabat.

Dakar et Brazzaville, avouez-le, sont tout de même plus françaises, puisque c'est de la France que vous avez souci.

Quand les enfants ont grandi, du moins en Afrique noire, ils quittent la case des parents et construisent à côté une case, leur case, mais dans le même carré.

Le carré France, croyez-nous, nous ne voulons pas le quitter. Nous y avons grandi et il y fait bon vivre. Nous voulons simplement, monsieur le Ministre, mes chers collègues, y bâtir nos propres cases, qui élargiront et fortifieront en même temps le carré familial, ou plutôt l'hexagone France. *(Applaudissements sur plusieurs bancs au centre.)*

Chronologie*

9 octobre 1906 : naissance de Léopold Sédar Senghor, à Joal, Sénégal.

Septembre 1928 : hypokhâgne au lycée Louis-le-Grand, à Paris.

Juillet 1930 : engagement aux Étudiants socialistes.

1933 : obtient la nationalité française.

1935 : agrégation de grammaire.

1936 : adhésion à la Section française de l'Internationale ouvrière (SFIO).

1939 : enrôlé dans un régiment d'infanterie coloniale.

20 juin 1940 : fait prisonnier de guerre.

Janvier 1942 : libéré du camp de prisonniers pour cause de maladie et réformé.

21 octobre 1945 : élu à l'Assemblée constituante, au Sénégal, au deuxième collège (collège des non-citoyens).

1946 : élu député à l'Assemblée nationale française, où les colonies viennent d'obtenir le droit d'être représentées.

---

* Les événements historiques sont présentés en italique.

Octobre 1948 : fonde le Bloc démocratique sénégalais (BDS).

21 février 1951 : nommé au comité directeur du Fonds d'investissement pour le développement économique et social (FIDES).

23 juin 1956 : *loi-cadre sur les territoires d'outre-mer, visant à élargir les compétences des assemblées locales, à créer un exécutif local et à réformer le régime électoral (suffrage universel et collège unique).*

1958 : *indépendance de la Guinée.*

Avril 1959 : *création de la Fédération du Mali, regroupant le Sénégal, le Soudan français (Mali), le Dahomey (Bénin) et la Haute-Volta (Burkina Faso).*

Juillet 1959 : Senghor entre dans le gouvernement Debré, comme ministre conseiller.

1960 : *l'essentiel des pays dans les colonies françaises en Afrique noire accède à l'indépendance dans le courant de l'année, y compris le Sénégal, le 20 août.*

5 septembre 1960 : Léopold Sédar Senghor est élu président de la République du Sénégal.

19 avril 1961 : première visite officielle en France.

1966 : organise le premier Festival mondial des arts nègres, à Dakar.

22 mars 1967 : échappe à un attentat.

1976 : vice-président de l'Internationale socialiste.

31 décembre 1980 : quitte volontairement le pouvoir et se retire de la vie politique.

2 juin 1983 : élu à l'Académie française.

1984 : vice-président du Haut Conseil de la Francophonie.

20 décembre 2001 : décès de Léopold Sédar Senghor, à Verson, Normandie.

« La traite et l'esclavage sont un crime contre l'humanité »

Discours de la députée C. Taubira-Delannon, devant l'Assemblée nationale, 18 février 1999

Économiste, ethnologue, ancienne directrice générale de la Confédération caraïbe et députée, Christiane Taubira propose en 1999 que l'esclavage et la traite soient qualifiés de crimes contre l'humanité. Cette demande marque une étape essentielle de l'histoire des rapports entre la France et ses anciennes colonies, cent cinquante ans après l'abolition de l'esclavage. La démarche peut paraître ambiguë, puisqu'elle semble tendre à reconnaître une responsabilité de la République. Ce n'est pas l'intention de Christiane Taubira, qui demande cependant que soit envisagée la possibilité d'une réparation matérielle pour les départements d'outre-mer, premières victimes de l'esclavage et de la traite. Cette demande est refusée en commission des lois, mais la proposition de loi est adoptée à l'unanimité des députés présents.

Discours de Christiane Taubira-Delannon

Mme Christiane Taubira-Delannon, *rapporteur de la commission des lois constitutionnelles, de la législation et de l'administration générale de la République.* Monsieur le Président, madame la Ministre de la Justice, monsieur le Secrétaire d'État à l'Outre-Mer, mes chers collègues, il y a bien sûr d'éminentes personnes dans les tribunes, mais je souhaiterais saluer tout particulièrement neuf jeunes de Guyane que j'ai invités à venir vivre directement l'événement et qui sont là pour constituer une chaîne fraternelle. Ils sont amérindiens, bonis, créoles, haïtiens, français[1] – on dit

---

1. Les Bonis sont les descendants d'esclaves ayant fui les plantations (Africains, créoles, mûlatres). Les Amérindiens désignent les premiers habitants de la Guyane. Créoles, Haïtiens, Chinois et Français composent, pour l'essentiel, le reste de la population guyanaise.

« métro » chez nous – et chinois pour symboliser les quatre continents qui, en Guyane, construisent au quotidien la fraternité. Je leur souhaite en votre nom la bienvenue. *(Applaudissements.)*

Le sujet dont nous nous sommes emparés n'est pas un objet froid d'étude. Parce qu'il s'écoulera encore quelque temps avant que la paix et la sérénité ne viennent adoucir la blessure profonde qu'irrigue une émotivité inassouvie, parce qu'il peut être rude d'entendre décrire par le menu certains aspects de ce qui fut une tragédie longue et terrible, parce que l'histoire n'est pas une science exacte mais, selon Fernand Braudel[1], toujours à recommencer, toujours se faisant, toujours se dépassant, et parce que, enfin, la République est un combat, comme nous l'enseigne Pierre Nora[2], je propose, quoiqu'il ne soit pas d'usage de procéder ainsi, de convenir de ce que n'est pas ce rapport.

---

1. Fernand Braudel (1902-1985), historien.
2. Pierre Nora (1931-), historien, éditeur, fondateur de la revue *Le Débat*, et académicien français.

Ce rapport n'est pas une thèse d'histoire. Il n'aspire à aucune exhaustivité, il ne vise à trancher aucune querelle de chiffres, il reprend les seules données qui ne font plus litige.

Il n'est pas le script d'un film d'horreur, portant l'inventaire des chaînes, fers, carcans, entraves, menottes et fouets qui ont été conçus et perfectionnés pour déshumaniser.

Il n'est pas non plus un acte d'accusation, parce que la culpabilité n'est pas héréditaire et parce que nos intentions ne sont pas de revanche.

Il n'est pas une requête en repentance, parce que nul n'aurait l'idée de demander un acte de contrition à la République laïque, dont les valeurs fondatrices nourrissent le refus de l'injustice.

Il n'est pas un exercice cathartique, parce que les arrachements intimes nous imposent de tenaces pudeurs.

Il n'est pas non plus une profession de foi, parce que nous avons encore à ciseler notre cri de foule.

Pourtant, nous allons décrire le crime, l'œuvre d'oubli, le silence, et dire les raisons de donner nom et statut à cette abomination.

Dès le début, l'entreprise fut marquée par la férocité. Quinze années ont suffi pour faire totalement disparaître d'Haïti ses premiers habitants, les Amérindiens. Alors qu'on en dénombrait 11 millions le long des Amériques en 1519, ils n'étaient plus que 2,5 millions à la fin du XVIe siècle.

Elle fut rapidement justifiée : elle relevait de la mission civilisatrice, visait à sauver des êtres sans âme, cherchait à assurer le rachat de certains. Elle était légitimée par la prétendue malédiction de Cham[1].

Mais très vite, Césaire[2] l'a démasquée : « le geste décisif est ici de l'aventurier et du pirate, de l'épicier en grand et de l'armateur, du chercheur d'or et du marchand, de l'appétit et de la force, avec,

---

1. Fait référence au second fils de Noë et à sa descendance (ancêtres selon la Bible des peuples noirs d'Afrique) qui furent maudits.

2. Aimé Césaire (1913-2008), poète de la négritude et homme politique, député-maire de Fort-de-France (Martinique) pendant plus de cinquante ans.

derrière, l'ombre portée, maléfique d'une forme de civilisation qui, à un moment de son histoire, se constate obligée d'étendre à l'échelle du monde la concurrence de ses économies antagonistes ».

La traite et l'esclavage furent extrêmement violents. Les chiffres qui prétendent les résumer sont d'une extrême brutalité. Dès 1978, Jean Mettas[1] établit un bilan exhaustif de la traite et de l'esclavage pratiqués par la France. Elle apparaît comme la troisième puissance négrière européenne. Elle a donc pratiqué la traite, ce commerce, ce négoce, ce trafic dont les seuls mobiles sont l'or, l'argent, les épices. Elle a été impliquée après d'autres, avec d'autres, dans l'esclavage qui transforme l'homme en captif, qui en fait une bête de somme et la propriété d'un autre.

Le Code noir[2], qui a séjourné dans le droit français pendant près de deux siècles, stipule que l'esclave est un

---

1. Jean Mettas (1941-1975), auteur du *Répertoire des expéditions négrières françaises au XVIIIᵉ siècle*.

2. Sous le règne de Louis XIV, ce Code, promulgué en 1685, régentait le statut de l'esclavage dans les colonies françaises et la vie des esclaves noirs dans les îles. Il entérinait de fait la pratique du commerce triangulaire.

meuble et que l'esclave affranchi doit un respect singulier à ses anciens maîtres, aux veuves et aux enfants.

Le commerce triangulaire a duré quatre siècles, puique les premiers navigateurs ont atteint le cap Bojador en 1416. Les premières razzias qui aient laissé des traces datent de 1441, sur le Rio de Oro[1]. Il est vite apparu que les Amérindiens allaient être décimés de façon impitoyable, par l'esclavage, les mauvais traitements, le travail forcé, les épidémies, l'alcool, les guerres de résistance.

Le père dominicain Bartolomé de Las Casas[2], qui se proposait de les protéger, a suggéré l'importation massive d'Africains, réputés plus robustes.

Quinze à trente millions de personnes, selon la large fourchette des historiens, femmes, enfants, hommes, ont subi la traite et l'esclavage et probablement, au bas mot, soixante-dix millions, si nous retenons l'estimation qui établit que, pour un esclave arrivé aux Amériques,

---

1. Partie méridionale du Sahara occidental.
2. Bartolomé de Las Casas, dominicain espagnol (1474-1566) qui dénonça les atrocités commises aux Antilles et en Amérique par les Espagnols.

quatre ou cinq ont péri dans les razzias, sur le trajet jusqu'à la côte, dans les maisons aux esclaves de Gorée, de Ouidah, de Zanzibar[1] et pendant la traversée.

Le commerce triangulaire a été pratiqué à titre privé ou à titre public pour des intérêts particuliers ou pour la raison d'État. Le système esclavagiste était organisé autour de plantations domaniales plus prospères ou aussi prospères que celles du clergé et de colons privés. Pendant très longtemps, jusqu'en 1716, les compagnies de monopole ont écarté l'initiative privée[2].

Mais le développement de l'économie de plantation, en plein siècle des Lumières, a nécessité l'ouverture de ce monopole. Les lettres patentes du 16 janvier 1716 ont autorisé les ports de Rouen, de Saint-Malo, de La Rochelle, de Nantes

---

1. La petite île de Gorée se situe dans la rade de Dakar, au Sénégal ; Ouidah est une ville du Bénin proche de la côte ; et Zanzibar, longtemps sous domination portugaise, était l'île aux esclaves de l'océan Indien. Tous ces lieux constituaient des plateformes du commerce de la traite.

2. Notamment la Compagnie des Indes occidentales, créée par Colbert en 1664, puis la Compagnie du Sénégal en 1674.

et de Bordeaux à pratiquer le commerce de la traite, contre vingt livres par tête de Noir introduit dans les îles et une exonération de la taxe à l'importation. Le régime fiscal était complété par des incitations en faveur des armateurs, des taxes sur l'affranchissement et des taxes sur les ports atlantiques.

Cette violence et cette brutalité expliquent très probablement, pour une large part, le silence convergent des pouvoirs publics, qui voulaient faire oublier, et des descendants d'esclaves, qui voulaient oublier.

Pourtant, nous savons le partage des responsabilités. Nous savons les complicités d'antan et nos défaillances d'après.

> « Ils ont su si bien faire les choses,
> Les choses, qu'un jour, nous avons nous-mêmes tout,
> Nous-mêmes tout foutu en l'air »,

hoquetait déjà Léon-Gontran Damas[1].

---

1. Léon-Gontran Damas (1912-1978), poète guyanais et député socialiste de la Guyane, co-fondateur du mouvement de la négritude avec Césaire et Senghor.

Nous sommes ici pour dire ce que sont la traite et l'esclavage, pour rappeler que le siècle des Lumières a été marqué par une révolte contre la domination de l'Église, par la revendication des droits de l'homme, par une forte demande de démocratie, mais pour rappeler aussi que, pendant cette période, l'économie de plantation a été si florissante que le commerce triangulaire a connu son rythme maximal entre 1783 et 1791.

Nous sommes là pour dire que si l'Afrique s'enlise dans le non-développement, c'est aussi parce que des générations de ses fils et de ses filles lui ont été arrachées ; que si la Martinique et la Guadeloupe sont dépendantes de l'économie du sucre, dépendantes de marchés protégés, si la Guyane a tant de difficultés à maîtriser ses richesses naturelles[1], si La Réunion est forcée de commercer si loin de ses voisins, c'est le résultat direct de l'exclusif colonial ; que si la répartition des terres est aussi inéquitable, c'est la conséquence reproduite du régime d'habitation.

----

1. En particulier le bois et l'or.

Nous sommes là pour dire que la traite et l'esclavage furent et sont un crime contre l'humanité ; que les textes juridiques ou ecclésiastiques qui les ont autorisés, organisés percutent la morale universelle ; qu'il est juste d'énoncer que c'est dans nos idéaux de justice, de fraternité, de solidarité, que nous puisons les raisons de dire que le crime doit être qualifié. Et inscrit dans la loi parce que la loi seule dira la parole solennelle au nom du peuple français. Cette inscription dans la loi, cette parole forte, sans ambiguïté, cette parole officielle et durable constitue une réparation symbolique, la première et sans doute la plus puissante de toutes. Mais elle induit une réparation politique en prenant en considération les fondements inégalitaires des sociétés d'outre-mer liées à l'esclavage, notamment aux indemnisations en faveur des colons qui ont suivi l'abolition. Elle suppose également une réparation morale qui propulse en pleine lumière la chaîne de refus qui a été tissée par ceux qui ont résisté en Afrique, par les marrons[1] qui ont conduit

___
1. Esclaves en fuite.

les formes de résistance dans toutes les colonies, par les villageois et les ouvriers français, par le combat politique et l'action des philosophes et des abolitionnistes. Elle suppose que cette réparation conjugue les efforts accomplis pour déraciner le racisme, pour dégager les racines des affrontements ethniques, pour affronter les injustices fabriquées. Elle suppose une réparation culturelle, notamment par la réhabilitation des lieux de mémoire.

Bien sûr, cela constitue une irruption un peu vive, un peu brutale, mais il y a si longtemps que nous frappons à la porte. Léon-Gontran Damas déjà hurlait son ressentiment : « Je me sens capable de hurler pour toujours contre ceux qui m'entourent et qui m'empêchent à jamais d'être un homme. »

Le dialogue semble amorcé. Avec mille précautions, comme font ceux qui savent que souvent les mots charrient beaucoup plus que ce qu'on leur confie. Avec des préliminaires attentifs car nous savons que nous avons tant de choses à nous dire. Mais nous allons cheminer ensemble dans notre diversité, parce que nous sommes instruits de la certitude merveilleuse que si nous sommes si différents, c'est parce que les couleurs sont dans la vie et que la vie est dans les couleurs, et que les cultures et les desseins, lorsqu'ils s'entrelacent, ont plus de vie et plus de flamboyance. Nous allons donc continuer à mêler nos dieux et nos saints, nous allons partager le cachiri[1] et le swéli et nous allons implorer ensemble l'Archange, Echu, Gadu, Quetzalcóatl, Shiva et Mariémin[2]. *(Applaudissements sur tous les bancs.)*

_____

1. Le cachiri, également appelé « cachichi », est une boisson à base de jus de manioc.
2. Références à plusieurs dieux, notamment animiste de Guyane (Papa Gadu), précolombien (Quetzalcóatl) et hindouistes (Shiva et Mariémin).

Chronologie*

2 février 1952 : naissance de Christiane Taubira, à Cayenne, Guyane.

1978 : professeur de sciences économiques.

1982 : directrice générale de la Confédération caraïbe de coopération agricole (1982-1985).

Juin 1983 : *loi relative à la commémoration de l'abolition de l'esclavage, qui institue un jour férié dans les départements de Guadeloupe, de Guyane, de Martinique et de La Réunion, ainsi que dans la collectivité territoriale de Mayotte.*

1993 : Christiane Taubira crée le parti guyanais *Walwari* (« éventail » en amérindien).

28 mars 1993 : élue députée de Guyane.

19 juillet 1994 : élue députée européenne sur la liste « Énergie radicale » (1994-1999).

Février 1995 : auteur d'une proposition de loi visant à interdire la fabrication, le stockage, la vente et l'usage des mines anti-personnel.

1er juin 1997 : réélue députée de Guyane.

---

* Les événements historiques sont présentés en italique.

1999 : auteur de la proposition de loi visant à reconnaître la traite négrière et l'esclavage comme crime contre l'humanité.

10 mai 2001 : *adoption de la loi visant à reconnaître la traite négrière et l'esclavage comme crime contre l'humanité.*

Septembre 2001 : Christiane Taubira est membre de la Délégation officielle française à la Conférence internationale contre le racisme, la xénophobie et l'intolérance, à Durban (Afrique du Sud).

21 avril 2002 : candidate du Parti radical de gauche à l'élection présidentielle.

16 juin 2002 : réélue députée de Guyane.

Septembre 2002 : élue vice-présidente du Parti radical de gauche (2002-2004).

2004 : *année internationale de commémoration de la lutte contre l'esclavage et de son abolition proclamée par l'Assemblée générale de l'ONU.*

Janvier 2006 : *décision de retenir la date du 10 mai comme celle de la commémoration annuelle en métropole de l'abolition de l'esclavage.*

Janvier 2007 : Christiane Taubira rejoint l'équipe de Ségolène Royal, candidate du Parti socialiste à l'élection présidentielle.

16 juin 2007 : réélue députée de Guyane.

Juin 2008 : auteur d'un rapport sur les accords de partenariats économiques entre l'Union européenne et soixante-quinze anciennes colonies européennes connues sous le nom de pays ACP (Afrique, Caraïbes et Pacifique).

Février 2009 : dénonce, pendant la grève générale aux Antilles, « l'apartheid social » qui règne dans les territoires français d'outre-mer « oubliés de la République ».

LES GRANDS DISCOURS

«Elles sont 300 000 chaque année»
Discours de SIMONE VEIL pour le droit à l'avortement,
26 novembre 1974
suivi de **«Accéder à la maternité volontaire»**
Discours de LUCIEN NEUWIRTH, 1er juillet 1967

«I have a dream»
Discours de MARTIN LUTHER KING, 28 août 1963
suivi de **La Nation et la race**
Conférence d'ERNEST RENAN, 11 mars 1882
Édition bilingue

«Yes we can»
Discours de BARACK OBAMA, 8 janvier 2008
suivi de **«Nous surmonterons nos difficultés»**
Discours de FRANKLIN D. ROOSEVELT, 4 mars 1933
Édition bilingue

«Du sang, de la sueur et des larmes»
Discours de WINSTON CHURCHILL, 13 mai et 18 juin 1940
suivi de **L'Appel du 18 juin**
Discours du GÉNÉRAL DE GAULLE, 18 et 22 juin 1940
Édition bilingue

«Le mal ne se maintient que par la violence»
Discours du MAHATMA GANDHI, 23 mars 1922
suivi de **«La vérité est la seule arme
dont nous disposons»**
Discours du DALAÏ LAMA, 10 décembre 1989
Édition bilingue

«Demain vous voterez l'abolition de la peine de mort»
Discours de ROBERT BADINTER, 17 septembre 1981
suivi de **«Je crois qu'il y a lieu
de recourir à la peine exemplaire»**
Discours de MAURICE BARRÈS, 3 juillet 1908

« Vous frappez à tort et à travers »
Discours de François Mitterrand et Michel Rocard,
29 avril 1970
suivi de **« L'insécurité est la première des inégalités »**
Discours de Nicolas Sarkozy, 18 mars 2009

« La paix a ses chances »
Discours d'Itzhak Rabin, 4 novembre 1995
suivi de **« Nous proclamons la création d'un État juif »**
Discours de David Ben Gourion, 14 mai 1948
et de **« La Palestine est le pays natal
du peuple palestinien »**
Discours de Yasser Arafat, 15 novembre 1988
Édition bilingue

« Entre ici, Jean Moulin »
Discours d'André Malraux en hommage à Jean Moulin,
19 décembre 1964
suivi de **« Vous ne serez pas morts en vain ! »**
Appels de Thomas Mann sur les ondes de la BBC,
mars 1941 et juin 1943
Édition bilingue

« Le temps est venu »
Discours de Nelson Mandela, 10 mai 1994
suivi de **« Éveillez-vous à la liberté »**
Discours de Jawaharlal « Pandit » Nehru, 14 août 1947
Édition bilingue

« Une révolution des consciences »
Discours d'Aung San Suu Kyi, 9 juillet 1990
suivi de **« Appeler le peuple à la lutte ouverte »**
Discours de Léon Trotsky, 4 octobre 1906
Édition bilingue

«Je démissionne de la présidence»
Discours de RICHARD NIXON, 8 août 1974
suivi de **«Un grand État cesse d'exister»**
Discours de MIKHAÏL GORBATCHEV, 25 décembre 1991
et de **«Un jour, je vous le promets»**
Projet de discours attribué au GÉNÉRAL DE GAULLE,
janvier 1946
Édition bilingue

«Africains, levons-nous»
Discours de PATRICE LUMUMBA, 22 mars 1959
suivi de **«Nous préférons la liberté»**
Discours de SÉKOU TOURÉ, 25 août 1958
et de **«Le devoir de civiliser»**
Discours de JULES FERRY, 28 juillet 1885

«¡No pasarán!»
Appel de DOLORES IBÁRRURI, 19 juillet 1936
suivi de **«Le peuple doit se défendre»**
Message radiodiffusé de SALVADOR ALLENDE,
11 septembre 1973
et de **«Ce sang qui coule, c'est le vôtre»**
discours de VICTOR HUGO, 20 avril 1853
Édition bilingue

«Citoyennes, armons-nous»
Discours de THÉROIGNE DE MÉRICOURT, 25 mars 1792
suivi de **«Veuillez être leurs égales»**
Adresse de GEORGE SAND, avril 1848
et de **«Il est temps»**
Discours d'ÉLISABETH GUIGOU, 15 décembre 1998

«Le vote ou le fusil»
Discours de MALCOLM X, 3 avril 1964
suivi de **«Nous formons un seul et même pays»**
Discours de JOHN F. KENNEDY, 11 juin 1963

« **Vive la Commune !** »
Procès de LOUISE MICHEL, 16 décembre 1871
suivi de « **La Commune est proclamée** »
JULES VALLÈS, 30 mars 1871
et de « **La guerre civile en France** »
Adresse de KARL MARX, 30 mai 1871

« **Une Europe pour la paix** »
Discours de ROBERT SCHUMAN, 9 mai 1950
suivi de « **Nous disons NON** »
Discours de JACQUES CHIRAC, 6 décembre 1978
et de « **Une communauté passionnée** »
Discours de STEFAN ZWEIG, 1932

« **Je vous ai compris !** »
Discours de CHARLES DE GAULLE, 4 juin 1958
suivi de « **L'Algérie n'est pas la France** »
Déclaration du GOUVERNEMENT PROVISOIRE ALGÉRIEN,
19 septembre 1958
et de « **Le droit à l'insoumission** »
MANIFESTE DES 121 (Simone de Beauvoir,
André Breton, Marguerite Duras…),
6 septembre 1960

RÉALISATION : NORD COMPO À VILLENEUVE-D'ASCQ
IMPRESSION : NORMANDIE ROTO IMPRESSION S.A.S À LONRAI (61)
DÉPÔT LÉGAL : AOÛT 2009. N° 100284-4 (1601115)
IMPRIMÉ EN FRANCE

Éditions Points

Le catalogue complet de nos collections est sur
Le Cercle Points, ainsi que des interviews de vos
auteurs préférés, des jeux-concours, des conseils
de lecture, des extraits en avant-première…

www.lecerclepoints.com